港に向かいて

Menghadap ke Pelabuhan

港に向かいて
Menghadap ke Pelabuhan

ズリナー・ハッサン
Sasterawan Negara ke-13
第13代マレーシア桂冠文学者

Pemenang Hadiah Penulisan Asia Tenggara (S.E.A. Write Award)
東南アジア作家賞受賞者

Pemenang Hadiah Puisi Sunthorn Phu
スントーンプー桂冠詩人賞受賞者

Penterjemah Bahasa Jepun 日本語訳
Narita Masaaki 成田　雅昭
Jamila Mohd ジャミラ・モハマド

ITBM
Institut Terjemahan & Buku Malaysia
Kuala Lumpur
2016

This book 港に向かいて is a correct translation of the book *Facing the Harbour* published by Institut Terjemahan & Buku Malaysia.

Published by
INSTITUT TERJEMAHAN & BUKU MALAYSIA BERHAD
(Company No.: 276206–D)
Wisma ITBM, No.2, Jalan 2/27E
Seksyen 10, Wangsa Maju
53300 Kuala Lumpur
Malaysia

Tel.: 603-4149 1800   Fax: 603-4142 0753
E-mail: publishing@itnm.com.my   Website: www.itbm.com.my

First Published in 2016
Translation © Institut Terjemahan & Buku Malaysia
Text © Zurinah Hassan 1990

All rights reserved. No part of this publication may be reproduced, stored in a retrieval system or transmitted, in any form or by any means, electronic, mechanical, photocopying, recording or otherwise, except brief extracts for the purpose of review, without the prior permission in writing of the publisher and copyright owner from Institut Terjemahan & Buku Malaysia (formerly known as Institut Terjemahan Negara Malaysia Berhad), Wisma ITBM, No. 2, Jalan 2/27E, Seksyen 10, Wangsa Maju, 53300 Kuala Lumpur. It is advisable also to consult the publisher if in any doubt as to the legality of any copying which is to be undertaken.

National Library of Malaysia   Cataloguing-in-Publication Data

Printed in Malaysia by:
Mihas Grafik Sdn. Bhd.
No. 9, Jalan SR 4/19
Taman Serdang Raya
43300 Seri Kembangan
Selangor

目次 / *KANDUNGAN*

序文	xi
Prakata	*xiii*
港に向かいて	2
Menghadap ke Pelabuhan	*3*
列車の窓から見た人生	4
Hidup dari Jendela Kereta Api	*5*
テレビ・コマーシャル	8
Iklan TV	*9*
世界はショッピング・モール	14
Dunia Sebuah Pasar Raya	*15*
黒いフライパン	18
Kuali Hitam	*19*
レダン山の王女からスルタン・マームッド王へのメッセージ	20
Pesanan Puteri Gunung Ledang kepada Sultan Mahmud	*21*
ハン・リー・ポーの船旅	24
Pelayaran Hang Li Po	*25*

目次 / KANDUNGAN

テジャからトゥアへの手紙	28
Surat Teja kepada Tuah	*29*
アリたち	32
Semut	*33*
ラジャ・カシム	34
Raja Kassim	*35*
またたく間の洪水 (2)	36
Banjir Kilat (2)	*37*
ジャンダ・バイク	38
Janda Baik	*39*
アレックス・ハーレーのルーツを見て	40
Setelah Menonton Roots, Alex Haley	*41*
クアラルンプールの乞食一掃作戦	42
Operasi Memberkas Pengemis di Ibu Kota	*43*
ナイフ	44
Pisau	*45*
クランのバスターミナル	46
Bas Stand Klang	*47*
クラン川	48
Sungai Klang	*49*
あなたはまだフルートを吹いているの	50
Masihkah Kau Bermain Seruling	*51*

目次 / KANDUNGAN

確かなこと	54
Yang Pasti	*55*
もう一つの愛の詩	56
Puisi Cinta yang Lain	*57*
コタ・マラッカ	58
Kota Melaka	*59*
刑務所からの女性の挨拶	60
Salam Perempuan dari Penjara	*61*
愛の物語	62
Satu Cerita Cinta	*63*
シティへの覚え書き	64
Catatan untuk Siti	*65*
ある池で	66
Di Sebuah Kolam	*67*
バス停にて	68
Di Perhentian Bas	*69*
クアラルンプールは雨	70
Hujan di Kuala Lumpur	*71*
結ばれない愛の想い出	72
Ingatan pada Satu Kasih yang Tak Jadi	*73*
ブキット・ナナス	74
Bukit Nanas	*75*

目次 / KANDUNGAN

クアラルンプール	76
Kuala Lumpur	*77*
空間を探して	78
Mencari Ruang	*79*
ハリニへの子守歌	80
Nyanyian Menidurkan Halini	*81*
結婚	82
Perkahwinan	*83*
お母さんのことを思って	84
Seketika Terkenang padamu Mama	*85*
スルアン	86
Seluang	*87*
短い会話	88
Satu Percakapan Singkat	*89*
プラゥ・ピナン	90
Pulau Pinang	*91*
シャー・アラム	92
Shah Alam	*93*
クアラルンプールを訪ねる一人の老婆	94
Seorang Nenek di Kuala Lumpur	*95*
一緒に生きるために	96
Untuk Hidup Bersama	*97*

目次 / KANDUNGAN

人口密度の高い砂漠 ... 98
Di Padang Pasir yang Penuh Manusia ... *99*

働くママの後悔 ... 102
Kesal Seorang Ibu yang Bekerja ... *103*

グローバライゼーション ... 104
Globalisasi ... *105*

クアラ・ムーダ ... 108
Kuala Muda ... *109*

父とウィリー・ローマン ... 110
Ayahku dan Willy Loman ... *111*

夫へのメモ ... 118
Catatan untuk Suami ... *119*

夫へのメモ (2) ... 120
Catatan untuk Suami (2) ... *121*

時には私は詩から遠ざかる ... 122
Sesekali Aku Menjauhkan Diri dari Puisi ... *123*

はじめに

　前世紀にはアジアの多くの国々で独立のための戦いがありました。その中の一国であるマレーシアもイギリスから独立するために戦い、その後も様々な苦難に直面しました。戦ったのは政治家だけではなく、教師・ジャーナリストそして作家たちです。作家たちは著作物を通して、政治的な弾圧や社会の不公平に反対の意を表明しました。
　独立後まだ半世紀しか経過していませんが、この国では大きな社会的変化を伴い、教育・経済そして産業面で急速な進歩を遂げています。この急速な進歩と変化は、伝統的な文化の価値観に混乱をもたらしました。一方、グローバル化が進む中で、新しい価値観や考え方がどっと流れ込み、文化的・知的生活に影響を与え、革進をもたらしました。
　植民地時代の生活の苦難と独立時代の変革を多くのマレー文学作品の中に見ることができます。マレー文学シリーズで取りあげた長編及び短編小説・詩歌・戯曲そして随筆は、不安定かつグローバル化という新しい局面に対処する構想を示しています。これらの翻訳作品を通して、読者が普遍的な人間のすばらしさ・価値を見出すこと、あらゆる芸術作品に対する評価の尺度を得ること、

はじめに

作家たちが表現した方法を通して作家の体験・見識そして思考を知ること、これをITBMは望んでいます。

モハマド　カイール　ガディロン
マレーシア翻訳・書籍協会(ITBM)
会長 / 最高業務責任者

PRAKATA

Pada abad lalu banyak negara di Asia berjuang untuk kemerdekaannya dan Malaysia adalah antara negara tersebut yang terpaksa berjuang membebaskan dirinya daripada cengkaman British, dan seterusnya mengharungi pula keperitan zaman darurat. Mereka yang berjuang tidak terbatas kepada golongan politik semata-mata, tetapi juga termasuk golongan pendidik, wartawan dan penulis yang menyuarakan penentangan terhadap penindasan politik dan ketidakadilan sosial melalui penulisan.

Walaupun baru setengah abad mengecapi kemerdekaan, negara telah menyaksikan pembangunan pendidikan, ekonomi dan industri yang pesat diikuti perubahan sosial yang besar. Kemajuan dan perubahan pesat ini mengakibatkan disorientasi nilai budaya lama sedangkan nilai dan idea baru semakin deras mengalir masuk melalui proses globalisasi. Semua ini memberikan kesan dan cabaran kepada kehidupan, budaya dan keintelektualan.

Keperitan hidup pada zaman penjajahan yang mundur dan perubahan zaman kemerdekaan tercermin dalam sebahagian besar karya kesusasteraan Melayu. Terjemahan novel, cerpen, puisi, drama (play) *dan esei yang diterbitkan dalam Siri Kesusasteraan Malaysia ini menawarkan wawasan* (insight) *ke dalam kesedaran masyarakat yang bergolak, dan yang*

PRAKATA

berusaha mempersiapkan diri menghadapi cabaran baharu yang bersifat global. Melalui karya terjemahan ini ITBM berharap pembaca akan menemui keindahan dan nilai kemanusiaan sejagat yang menjadi ukuran penting bagi mana-mana karya seni dan melihat bagaimana pengalaman, tanggapan dan pemikiran pengarang tentang budaya digarap melalui cara mereka mengungkapnya melalui karya sastera mereka.

Mohd Khair Ngadiron
Pengarah Urusan / Ketua Pegawai Eksekutif
Institut Terjemahan & Buku Malaysia

港に向かいて

港の灯りに向かうたびに
なんと私の心が乱れることか
それは私たちの国境の光なのだ
それは思い出させる
だれもが名前なしではいられないし
祖国への忠誠なしではいられない

しかし
だれもが自分自身の名前を選べないし
生まれる国を選べない

Menghadap ke Pelabuhan

Alangkah sukarnya berdepan
dengan lampu-lampu pelabuhan
lampu-lampu sempadan yang mengingatkan
hidup ini mustahil tanpa nama
dan kesetiaan kepada negara.

Tapi tak siapa memilih namanya sendiri
dan negara untuk dilahirkan.

列車の窓から見た人生

列車から見た眺めは人生そのものだ
レールの上を駆け抜けていく
景色がどんどん変わっていく
表情がいろどりを増す

ああ　私は偉大な山なのか
優しい風や近づく雲に
無関心な偉大な山
それとも　私は傲慢なラランなのか
非難されても立っている
きらわれても生き残っているララン

ああ　私は滝なのか
勢いよく流れ落ち
ジャングルの中で身を刺すような困惑
そして丸石の間をぬって情けなく笑いながら
泡となって落ちていくだけなのだ

ああ　私は年老いた川なのか
黙々と農場に水をやり
重く憂鬱な心で
なすがままに曲がりくねり
流れるのだ

Hidup dari Jendela Kereta Api

Hidup adalah pemandangan di luar jendela kereta api
di tengah pacuan yang telah ditentukan relnya
pemandangan melintas yang pantas
berubah-ubah rupa.

Diri, apakah ia sebuah gunung agung
yang tidak mempedulikan
angin yang mengusap dada
awan yang cuba bermesra
atau sekadar lalang-lalang sombong
yang tegak dalam kutukan
dan subur dalam kebencian.

Adakah ia air terjun
dalam dendamnya menghempas-hempas
suara marah tak terkawal
pada misteri rimba tak terkupas
dan jatuhnya menjadi buih-buih
mentertawakan diri di celah batu-batu.

Adakah ia sungai di hari tua
menyerahkan diri pada ladang terbuka
setia mengikut liku-likunya
murung dan berat dada.

列車の窓から見た人生

急に降り出した雨が
列車からの視界を妨げる
一人一人自分の足あとを決める
それぞれの旅だ
出会いと別れ
何の前触れもないできごと

動いている列車の窓に私自身を探す
景色が変わり色がつぎつぎと移ろい
見分けがつかないうちに
列車は車両を連ねて
次の駅へと向かうのだ

[参考]
ララン…野草の一種。チガヤ(イネ科)。

Hidup dari Jendela Kereta Api

Hujan lebat yang tiba-tiba
menutup jendela dari hamparan alam raya
ia menentukan jejak-jejak individu
yang tetap akan asing
pertemuan dan perpisahan
berlaku tanpa amaran.

Kucari diri dalam segala yang melintas jendela
wajah-wajah yang berbelang
dan berubah-ubah warna
sebelum aku dapat menentukan bentuknya
kereta api terus membawa gerabak-gerabak yang terasing
menuju ke stesen lain.

テレビ・コマーシャル

千九百六十六年のある日
父が家にテレビを持ってきた
私たちは喜びはしゃぎまわった
すぐにテレビの置き場所を用意した
もちろん家の中で一番いい場所に

その日からは
私たちの日常生活の
新しいルーティーンとなった
番組表を確かめて
私たちの時間を
テレビに合わせるようになった

しかし 実際その箱は
私たちの家庭の時間表を
コントロールするようになった
私たちに
世界中からのゲストを
会わせることになった

ケンタッキーからは
インスタントフードが提供されている
私たちの国の味覚のつぼみを征服してしまった

マールボロー・カントリーからは
馬に乗ったカッコいい彼らは
若者の頭の中に
突っ込んできた

Iklan TV

*Suatu hari pada tahun 1966
ayah membawa pulang
sebuah peti televisyen
kami bersorak riang
lalu sibuk menyusun ruang
untuk memberikan padanya
sudut yang utama.*

*Mulai hari itu
kami mengatur kerja harian
kami melentur kebiasaan
mengikut jadual tayangan.*

*Tetapi sebenarnya
peti itulah yang mengatur acara keluarga
mempertemukan kami
dengan tetamu pelbagai rupa.*

*Dari Kentucky
mereka datang menghidang makanan segera
lalu menakluk selera bangsa.*

*Dari Marlboro Country
mereka menunggang kuda
ke dalam minda anak-anak muda.*

テレビ・コマーシャル

ロンドンの町からは
金のライターが
千の魅惑を散らす
煙や黒いもので胸をなでながら

パリからはもちろん
ブランドの大パレード
私たちの子供を
幻想の服でドレスアップ

私たちが少年少女を倫理や道徳で守る
そのそばで
彼らは叫ぶ
「ぼくらは違うんだ」
さあ すべてのルールをぶち壊そう

時々
私たちは集中力をかき乱すような
コマーシャルが多くて
いや気をおこしている
しかし
私たちが見るようにスケジュールを組むのは
スポンサーの権利だと少しずつ分かってきた
そして
私たちの人生の予定表が書き換えられる

ついつい
私たちは夢中になってしまう
その時
国の顔や国民の気質が
スポンサーの手によって形づくられている

Iklan TV

*Dari kota London
kilauan emas pemetik api
menyalakan seribu fantasi
sambil mengusap dada
dengan asap dan jelaga.*

*Dari Paris semestinya
mereka memperagakan kehebatan jenama
lalu memakaikan anak-anak kami
dengan baju ilusi.*

*Ketika kami cuba melindungi putera puteri
di dalam pagar kesantunan
mereka menjerit "breakaway"
lupakan segala batasan.*

*Kadang-kadang kami marah
kerana terlalu banyak iklan
memecah keasyikan
perlahan-lahan kami fahami juga
kuasanya mencorakkan rancangan
dan menyusun jadual tayangan
yang kemudian mempengaruhi
agenda kehidupan.*

*Biasanya kami leka
ketika wajah negara
dan watak bangsa
diadun oleh tangan sang penaja.*

世界はショッピング・モール

シェイクスピアはかつてこう言った
世界は舞台だ
人々は
多くの役割を担う
ただの役者だ

監督ベケットに言わせると
人間は
終わりのない劇で
待っているシーンの舞台に
釘付けになっている役者だ

今 こんなふうに考えたらどうだろう
世界が大きなスーパーマーケットとなって
我々は取引や買付けの専門家になり
商取引の会話を交わすとしたら

これは人々が売ったり買ったりする広場だ
そして展示ホール
小賢しい販売プロモーターは
広告の網をかける
身分を買い求め続けるエゴイストに

これはシェイクスピアの舞台なのか
たくさんの役割をもつ役者が
うまく演じるすべを知らなくてはならない
あるいはベケットの舞台のように
出番待ちのセットで足止めされている
我々は
彼らと何の違いがあるのだろうか
我々は
物質主義に操られている役者なのだから

Dunia Sebuah Pasar Raya

Kata Shakespeare
dunia adalah sebuah pentas
manusia hanyalah berlakon
dengan pelbagai peranannya.

Di tangan Beckett
manusia adalah pelakon
yang terperangkap di pentasnya
di dalam satu babak penantian
yang tidak ada kesudahan.

Hari ini bagaimana kalau kita berkata
dunia adalah sebuah pasar raya
manusia menjadi pembeli dan penjual
berdialogkan transisi urus niaga.

Ini adalah medan berjual beli
ini juga gedung peragaan
si mahir menebar ikan
menjala si egois
yang tidak putus-putus
membeli status.

Adakah ini pentas Shakespeare
pelakon dengan pelbagai peranan
harus pandai bermuka-muka
atau seperti pentas Beckett
yang memerangkap di babak penantian
apakah bezanya
kita yang diarah oleh kebendaan.

黒いフライパン

黒いフライパン
私が生まれた家の台所にある
昼に夜に
母の大の友達だ

黒いフライパン
かまどの上で温められる
我々が待っているうちに
母を喜ばせている

黒いフライパン
炎の上
昼に夜に
何年も何年も
私たちは歳月を数えたことがない

母は黒いプライパンを大切にしていた
私たちを愛し抱きしめてくれた
私たちは見て気付いたことがあるだろうか
母の目にすすが突き刺さっていたことを
皮膚が熱い炎でむくれていたことを
煙で腕が黒ずんでいたことを
炎の先で額が刺されていたことを
私たちはお腹いっぱい食べて眠くなるだけだった
その時　母の眠りは咳き込んで
荒い息づかいとなっていた
煙や灰でひっかいた後の痛々しい胸

Kuali Hitam

Sebiji kuali hitam
di dapur rumah kelahiran
adalah teman ibuku
siang dan malam.

Sebiji kuali hitam
terjerang di atas tungku
adalah penghibur ibu
ketika kami menunggu.

Sebiji kuali hitam
di atas api siang dan malam
tahun demi tahun
kami tidak pernah menghitung.

Seorang ibu yang menyayangi sebiji kuali
sering memeluk kami
pernahkah kami perhatikan
matanya yang ditikam serbuk arang
kulitnya yang dikoyak percikan minyak
lengannya yang diserap abu hitam
dahinya yang disengat pucuk api
kami hanya tahu lena kekenyangan
ketika tidur ibu diketuk-ketuk
oleh lelah dan batuk
setelah asap dan abu menggaru-garu
di paru-paru.

黒いフライパン

私たちは気付かなかった
また母もかまわなかった
私たちは食事を楽しみにしていた
私たちが喜んだ様子を見て
母は幸せを感じているのだった
母にとって
私たちが満腹になったことを見る以上の
幸せはなかった

毎年毎年繰り返され
黒いフライパンは
その役割の義務を果たしていた
私たちが大人になり
町に住むようになるまでは

（2）

そして今　私の清潔な台所では
もはや不格好な黒いフライパンはない
時間のある時はいつでも
そんなに回数は多くないが
私は子供たちのために
厚くて高いこびりつかないフライパンで料理する
その後
私はフライパンを特別ソフトな洗剤で洗うのだ
あたかも赤ちゃんを注意深くお風呂につからせるように
フライパンの使用上の注意に従いながら

ある日
母が家にやって来た
いつものようにせっせと料理を作り
私たち家族に食べさせてくれた
孫たちは彼女の料理をとてもおいしく食べた
母もとても幸せだった

Kuali Hitam

Kami tidak pernah menyedari
dan ibu pun tidak peduli
dia hanya tahu merasa bahagia
melihat kami keriangan
menunggu sesuatu akan terhidang
dan tidak ada yang lebih membahagiakan
dari melihat kami kekenyangan.

Begitulah tahun demi tahun
kuali yang setia menjalankan tugasnya
hingga kami dewasa dan hidup di kota.

(2)

Kini di dapur rumahku yang bersih
tak ada kuali hitam yang hodoh
cuma pada kesempatan
yang tidak selalu sempat
aku memasak untuk anak-anak
dengan kuali non-stick
yang tebal dan mahal
dan sesudah itu membasuhnya
dengan sabun yang lembut
berhati-hati seperti memandikan bayi
mengikut arahan pada buku panduan.

Suatu hari ibu ke rumahku
dengan kerajinannya yang biasa
memasak untuk kami sekeluarga
cucu-cucunya ternyata amat berselera
dan ibu merasa terlalu bahagia.

黒いフライパン

食事の後
母は自分のやり方で
私の台所を片付けてくれた
母がいつものとおり
田舎にある黒いフライパンを扱っているのと同じように
たわしでごしごし
私の高価なフライパンをこすり洗った
すぐさま私は叫んだ
「お母さんは　私のフライパンを台無しにしちゃった！
いくらすると思ってるの！」

母は驚いて言葉がでない
たぶんとても傷ついたのだろう
たぶん泣きそうになっていたのだろう
私のおそろしい顔を見て

（3）

そして今
母は神様の下に召された
私は後悔の念でいたたまれない思いだ
私は母の愛をフライパンの価値と見比べてしまった

母はもういない
黒いフライパンは
古い台所の壁にひっそりとかかっている
私たちは
それに値段をつけることができるのだろうか

Kuali Hitam

Dan sesudah itu
dengan cara yang dia tahu
mengemas dan merapikan dapurku
dan seperti yang biasa dibuat
pada kualinya di kampung
dia menyental kualiku yang mahal
dengan berus yang kesat dan spontan aku menjerit
"Ibu merosakkan kuali saya
tahukah ibu berapa harganya?"

Ibu terdiam barangkali hatinya terguris
barangkali dia hampir menangis
melihat wajahku yang bengis.

(3)

Dan kini setelah ibu kembali kepada Ilahi
aku menyesali keterlanjuran
kiranya aku telah mengukur kasih sayang ibu
dengan harga sebiji kuali.

Ibu telah tiada
kuali hitam tergantung sepi
di dinding dapur rumah tua
bolehkan kami menghitung
berapa harganya?

レダン山の王女からスルタン・マームッド王へのメッセージ

トゥン・マーマット様
もし王が私を妻としたいのなら
このメッセージをスルタンにお届けください

金の橋ともう一つ銀の橋を作ってください
ばい菌と蚊の心臓を七皿持ってきてください
壺いっぱいの涙と若いピナンのジュースを
そして王と王子の血をボウル一杯に

本当は
私は初めから知っていたのです
王は不幸の橋を進んで作ろうとすることを
国を苦悶の盆とすることを
壺に溢れるばかりの涙の重荷を背負わせ
王自らの欲望の炎で
人々の生活を焼き尽くすのです
炎が王に降りかからないうちは

トゥン・マーマット様
これらの条件は
王女になることを断わる
私の思いを示しているのです
暗いどろどろとした思いの生活を
送りたくないから
私は残酷さを許すすべをもつような
トゥン・ファティマではありません

Pesanan Puteri Gunung Ledang kepada Sultan Mahmud

Tun Mamat
sampaikan pesanku kepada Sultan
jika aku ingin diperisterikan.

Perbuatkan aku jambatan emas jambatan perak
bawakan tujuh dulang hati kuman, hati nyamuk
air mata dan air pinang muda setempayan
darah raja dan anak raja semangkuk.

Sebenarnya
aku telah menduga
dia akan sanggup merentang jambatan derita
dia merelai negeri menjadi dulang sengsara
membiarkan rakyat memikul tempayan air mata
kehidupan terbakar dalam api berahi
selagi kepanasan tidak terpercik ke tubuhnya.

Tun Mamat,
sebenarnya aku memberi syarat ini
kerana aku tidak sudi menjadi permaisuri Sultan
dan hidup bercerminkan kekeruhan
aku bukan Tun Fatimah
yang pandai memaafkan kezaliman

レダン山の王女からスルタン・マームッド王へのメッセージ

私は求婚を力づくで同意させられた
トゥン・クドゥーではありません
遺産を贈り物として包む
ハン・リー・ポーだけでいいのです
ついて来た恋人の愛をつかもうとして
その影につまづいたトゥン・テジャで
十分なのです

高く聳えるレダン山よ
じっと立って人々に思い出させよ
王様の好みでも生きられない花があるということを
女でさえ
時には拒否を選ぶことができるのです
王でさえ
時には負けを受け入れる役回りがあるのです

[参考]
スルタン・マームッド…マラッカの最後の皇帝で、夢に出てきたレダン山の王女に恋をした。王は、結婚の申し込みのため家来を山に赴かせたが、幾多の困難と家来の不必要な死をもたらせた。王女は、山の頂上にたどり着いたただ一人の男トゥン・マーマットを通して、スルタンに有名で意味深いメッセージを送った。

ピナン…果物の一種。Beetle nutsともいう。熟していないピナンはほとんどジュースにならない。

Pesanan Puteri Gunung Ledang kepada Sultan Mahmud

aku bukan Tun Kudu
yang tahu merelakan paksaan
cukuplah dengan Puteri Hang Li Po
yang terbungkus menjadi persembahan
dan tersungkurnya Tun Teja
ketika menangkap bayang-bayang cinta.

Biarlah Gunung Ledang berdiri mengingatkan
ada bunga yang tidak dapat digubah
sesedap titah
seorang perempuan pun ada kalanya
berhak memiliki kebebasan
seorang Sultan pun ada kalanya
harus tunduk kepada kekalahan.

ハン・リー・ポーの船旅

美しいハン・リー・ポー王女は
苦しみ悶え泣きながら
マラッカへ船旅する
木が根っこから離れるように
こんな若さで母から引き離された王女は
家族と別れ別れになるくらいなら
海に溺れて死んだ方がましだと思う

これは王女の宿命なのか
マラッカに船で運ばれる贈り物となることが
王のための貢ぎ物として
国を強くするためなのか

偉大なる王女の母
マハラニ女王は涙ながらに話した
私の愛するハン・リー・ポーよ
どうか勇気をお出し
これは私たちの運命なの
王女と女王として
しっかり受け止めなければならないことなの
結婚は個人の決断ではないの
私たちの人生は
私たちのものではなく
国のものなの

Pelayaran Hang Li Po

Hang Li Po yang jelita
dalam pelayaran ke Melaka
menangis di dalam bahtera
semuda ini dia dipisahkan
dari ibu tempat bermanja
bagai pohon dari akarnya
rasanya biar bercerai badan dan nyawa
biar mati di tengah gelora
dari berpisah dengan keluarga.

Apalah nasibnya badan
sudah menjadi barang hantaran
dibawa ke Melaka
sebagai hadiah kepada Sultan
kononnya untuk meneguhkan kerajaan.

Bondanya Maharani yang mulia
berpesan dengan air mata,
duhai Hang Li Po anak tercinta
tabahlah menerima ketentuan ini
inilah takdir kita
menjadi puteri dan permaisuri
perkahwinan kita bukan soal peribadi
hidup kita bukan untuk diri
diri kita adalah milik negeri.

ハン・リー・ポーの船旅

お父様をあてにしないでね
彼は男で王様
あなたは愛される娘なの
でも国は責任なの
お父様の笑いと涙は
国のためだけなの
幸せよりも権力は大事なの

そう
私の王女よ
歴史にはこう書いてあるの
多くの帝国は
女の犠牲と涙で
強くなっていったと
多くの国々は
男の悪事や欲望で
滅びていったと

［参考］
ハン・リー・ポーは伝説として残るほど有名な中国の王女で、マラッカ王の花嫁として送られた。

Pelayaran Hang Li Po

*Apalah diharap pada ayahanda
dia lelaki dan maharaja
kau puteri kesayangan
tetapi negeri adalah tanggungan
tawa dan air matanya
hanya untuk negara
kuasa lebih penting
daripada bahagia.*

*Iya puteriku
sejarah telah mencatatkan
banyaknya kerajaan
yang diteguhkan oleh pengorbanan
dan air mata perempuan
dan banyak pula negeri
yang diruntuhkan oleh nafsu lelaki.*

テジャからトゥアへの手紙

あなたはそんなことまでするの　トゥア
あなたに私の愛をこめたバラで勝負したのです
私の束ねた髪から花をとって
あなたはそれを王座にかけたのです
あなたの名前を飾るために

トゥア
私は不幸な女です
自分の美しさのせいで苦しむのです
私の美貌は罪ではないが
ずる賢い男の取引で売買されるのです
生け花の花のように
王の空想に私が生けられるのです

他の女性と同じように
私はしきたりで育ちました
習慣や伝統で磨かれました
私の声を柔らくして
人から受け入れられやすくしました
従順になるように訓練されました
完璧な女性であるためのいい作法だから

たぶん
私の誤りでした
感情の羽根で夢を見るのは
あなたの妻として仕えるのは
美しい夢
それはどの女性にもありふれた夢

Surat Teja kepada Tuah

Sampai hatimu Tuah
mawar cinta yang kuberikan
kaubawa ke perhitungan
kenanga dari sanggulku
kausangkutkan ke singgahsana
untuk mengharumkan namamu.

Tuah, aku adalah perempuan malang
yang harus merana kerana paras rupa
kecantikanku bukanlah satu dosa
namun ia telah diperdagangkan
dengan pintar percaturan lelaki
seperti bunga pada sesedap gubahan
di hujung lidah seorang sultan.

Aku seperti perempuan lainnya
telah dibesarkan oleh peraturan
dihaluskan oleh adat
dengan suara yang dilembutkan untuk menerima
diajar untuk pandai merelakan paksaan
kerana itu adalah kesopanan
yang menyempurnakan kejadian
seorang perempuan.

Barangkali akulah yang bersalah
membina impian di sayap perasaan
untuk berbakti sebagai isterimu
sebuah impian yang indah
dan amat biasa bagi seorang wanita.

テジャからトゥアへの手紙

残念ながら
テジャは普通のどの女性とも違うのです
大いなる王室に生まれ
保護された庭で育った
美しさと高貴さにあふれて
何かありふれたことを夢見るのは
身分に合わないのです

トゥアもまたどの男性とも違うのです
一人のテジャのために生きているのではないのです
トゥアは国の英雄として生まれ
テジャは伝説の中の操り人形となったのです

Surat Teja kepada Tuah

Tapi apakan daya
Teja bukan perempuan biasa
lahir di kamar kebesaran
besar di taman larangan
amat jelita dan mulia
untuk melayani impian yang terlalu biasa.

Tuah juga bukan lelaki biasa
hidupnya bukan untuk seorang Teja
Tuah lahir untuk menjadi wira
dan Teja menjadi boneka
dalam legenda.

アリたち

地面に甘い物がちょっとこぼれた
一匹のアリがやってきた
まもなく
もっと多くのアリがやってきた
そしてじきに
数百匹のアリが連なって
次から次へと列になった

私は見ていて不思議に思った
声も音もなしに
食べ物を見つけたときはいつでも
かれらは仲間をまわりに呼ぶ
動物がコミュニケーションをとっていることを
習ったことがある

私が見とれていたとき
アリはなんとこう言うのです
「アリはただの動物だということを
忘れないでください
私たちは本当のことだけを伝えあっています
人間ほど洗練されてはいないのです
人間は
真実でないことをでっちあげる能力や
うそを広める能力を
神が授けた唯一の創造物なのです」

Semut

Sedikit manisan tertumpah di lantai
seekor semut pun sampai
beberapa detik lagi
bertambah ramai menghampiri
lama-kelamaan
beratus-ratus berderetan
berduyun berbarisan.

Aku melihat dan merasa hairan
tanpa suara dan tanpa kata
semut memanggil kawan-kawan
bila tercium makanan
memang telah kupelajari
haiwan juga berkomunikasi.

Sedang aku leka
terdengar semut berkata
"Janganlah lupa semut cuma haiwan
sekadar tahu menyampai berita
yang benar sahaja
tidak secanggih manusia
kerana manusia adalah makhluk Tuhan
yang memiliki kepandaian
untuk mereka-reka cerita
dan menyebar dusta."

ラジャ・カシム

私は王座から追い出されてしまった
偉大なる物から
切り離されてしまった
自分が必要とされていない悲しみの中
海に出て
漁夫となった

暗い夜に
希望の魚網を投げて
いつも魚を捕まえる
残りは知恵と出会う

私はここで癒やされている
ラジャ・イブラヒムにはそこに居させよう
すべての陸地を支配できる
しかし海は言うことをきかない

この限りのない海は
人間には似つかわしくない
権力を手にしたすべての王と
勇猛なすべての戦士たちは
大きな白波に屈服するだろう

ラジャ・イブラヒムを
王位に就かせておこう
私は一人ぼっちで
ボートに乗っている
王冠の下には海はない
しかしまだうねっている
海には王冠はない
ただ水と雲があるのだ
そこには王も領主もいない
ただ神だけがいるのだ

Raja Kassim

Aku telah dibuang dari takhta
disingkir dari kebesaran
lalu membawa diri ke lautan
menjadi nelayan.

Pada malam yang gelap
kutebarkan jala harap
selalu mendapat ikan
selebihnya bertemu pengertian.

Aku senang di sini
biarlah Raja Ibrahim di sana
seluruh daratan dapat ditakluk
tapi lautan tak akan tunduk.

Laut ini terbentang
kudrat manusia tak terimbang
segala raja yang berkuasa
segala hulubalang yang garang
akan tunduk pada gelombang.

Biarlah Raja Ibrahim di takhta
dan aku menyendiri di perahu
di takhta tidak ada laut
namun di bawahnya tetap bergelora
di laut tidak ada takhta
cuma air dan awan
di laut tidak ada pembesar dan raja
kecuali Tuhan.

またたく間の洪水（2）

クラン川とゴンバック川はこう言った

「クアラルンプールよ
あなたは我々の出会いで生まれた
しかしあなたは成長して
我々の手には負えなくなった」

「あなたの成長は
我々の肩には荷が重い」

「あなたは我々を忘れたかのように
町のゴミを
静かに忍耐強く背負っている
激しい雨の時だけ
注目を浴びるよう
我々は起き上がるのだ」

Banjir Kilat (2)

Kata Sungai Klang dan Sungai Gombak:

"Kuala Lumpur,
kau lahir dari pertemuan kami
tapi kau membesar tak terkawal."

"Beban pembesaran mu
semakin memberat di bahu."

"Kau seperti melupakan kami
yang menanggung sisa kota
dengan sabar dan diam
hingga hujan lebat
kami bangun meminta perhatian."

ジャンダ・バイク

彼らはやってきた
権力とお金で鉱山や所有地を広げた
我々をジャングルに追いやりながら
そして丘の斜面に追いやりながら
だから
丘の斜面は我々の友達となり
ジャングルは希望となった

惨めな言葉で
我々は人生の記録を書いている
一生涙の雨で
私たちの掘っ立て小屋が震える
稲は突風や洪水で全滅になった
何年も何年も我々は我慢してきた
運命の手にゆだねた
しかし今回は我々は負けた
最大の災害と戦って負けた
我々は遺産の田んぼと果樹園をすべて失ったのだ

ああ
希望のジャングルよ
ああ
運命の川よ
我らの民族は守りの最後の砦に
しがみついているのだ

Janda Baik

*Mereka telah datang
dengan kuasa dan ringgit
untuk melebarkan lombong dan estet
menolak kita ke rimba
menolak kita ke bukit-bukit
lalu bukit pun menjadi teman
rimba pun menjadi harapan.*

*Sepanjang riwayat telah kita catat
dengan bahasa derita
sepanjang hayat pondok kita bergegar
dalam hujan air mata
padi kita terkapar
dalam ribut dan banjir
bertahun-tahun kita bersabar
pasrah di tangan takdir
namun kali ini kita kalah
melawan petaka segala petaka
dan kita pun kehilangan
sawah dan dusun pusaka.*

*Duhai rimba harapan
duhai sungai takdir
bangsaku kini bertahan
di benteng yang terakhir.*

アレックス・ハーレーのルーツを見て

彼は
まだクンタキンテとして生きたかった
トビィと呼ばれた後も
また拷問がかけられ
犠牲の痛みは彼が払えない値段になっている
ほんとうの自分自身になるためには
どこでも高すぎる値段を払わなければならないのだ

私は
あなたのペンの真実と
ほとんど直面することに耐えられない
奴隷の痛みと恐怖
あなたの書き物の中の復讐
芸術とは
それらはつねに
孤独と惨めさから生まれるのか

(詩集「クベランカタン Keberangkatan: 22」より)

Setelah Menonton Roots, Alex Haley

Dia masih mahu menjadi Kunta Kinte
walaupun telah dipanggil Toby
lalu dia diseksa
kesakitan menjadi harga
yang tak terbayar olehnya
di mana-mana pun ada harga yang terlalu tinggi
untuk menjadi diri sendiri.

Aku hampir tidak terdaya
menghadapi kebenaran penamu
penghambaan yang sakit dan ngeri
beban dendam yang pecah di tulisan
mestikah seni
selalu lahir dari sepi
dan ngeri.

(Keberangkatan: 22)

クアラルンプールの乞食一掃作戦

町はあなたを連れて行きたくない
人生はすでにあなたを拒絶している
だからあなたは何を待っているの
ご老人

おそらく
過去について話をするのは
とてもつらいのだろう
長年の旅は
あなたの足をどろだらけにした
だから　あなたは
この清潔な町の白い大理石を踏むことは
禁じられているのだ

だから　あなたは
何を待っているの
彼らはあなたを捕まえに来た
より良いシェルターに連れて行くために
あるいは
国のイメージアップとして
もちろん重要なこと
あなたのあきらめの重い気持ちよりも
明け渡しの痛みよりも

あなたはまだここにいたいの
同情を求め
待つということから
小さな意味を探すために

(詩集「プジャンガ　ティダッ　ブルナマ　Pujangga Tidak Bernama: 19」より)

Operasi Memberkas Pengemis di Ibu Kota

Kota ini tidak mahu lagi membawamu bersamanya
kau pun telah lama ditinggalkan kehidupan
jadi apalagi yang kau tunggu wahai orang tua?

Barangkali amat pedih
untuk bercerita tentang masa lalu
di perjalanan yang telah mengotorkan kakimu
lalu kau dilarang memijak
marmar putih
kota bersih ini.

Apalagi yang kau tunggu?
mereka telah datang memberkasmu
untuk memberimu perlindungan
atau demi imej negara
yang tentunya lebih penting
dari pengertianmu tentang beratnya penyerahan
dan pedihnya kekalahan.

Apakah kau ingin terus di sini
untuk mengutip simpati
dan mencari sedikit erti
dari keupayaanmu
untuk menanti.

(Pujangga Tidak Bernama: 19)

ナイフ

ナイフはナイフとなる
物を切るとき
そして
物が切られたとき

しばしば我々はこう言う
切られた人は傷つけられた
落ちた血が証拠になる

しかし
すぐには信じるべきではない
血を流している人が
本当にもっと傷つけられたとは限らない

本当の犠牲者の区別は容易ではない
ナイフを手に持っている人と
血まみれな人と

罪を認定することは容易ではない
真実を証明することはより難しい
公平さを保つことはもっと難しい

Pisau

Pisau menjadi pisau
bila ada yang menghiris
dan ada yang dihiris.

Maka kita pun berkata
yang terhiris telah dilukai
darah yang menitis menjadi bukti.

Tetapi jangan terus percaya
yang berdarah
belum tentu lebih terluka.

Bukan mudah menentukan
antara yang berpisau di tangan
dan yang berdarah di badan
siapa sebenarnya
mangsa sebuah kekejaman.

Sukar menentukan kesalahan
sukar juga membuktikan kebenaran
lebih sukar menegakkan keadilan.

クランのバスターミナル

クランのバスターミナルでは
ここに到着した人々は停止しない

あなたは数百万人の到着を迎え
数百万人の出発を見送る
過ぎ去り忘れられる

旅はたいてい
我々に前を見させる
左右を振り回るよりも

だから
ここで降りた人と
知り合いになる時間はない
黒い肌の男
さび色の髪の女
ここに居候している彼らにとって
このバスターミナルは
ダヤブミよりも思慮深い

到着する者たちはここで止まることはない
止まる者たちは到着したとは限らない

(詩集「プジャンガ　ティダッ　ブルナマ　Pujangga Tidak Bernama: 28」より)

[参考]
ダヤブミ…当時の政府関係の建物の名。街のシンボルとなっていた。

Bas Stand Klang

Setiap yang sampai di sini
bukan untuk berhenti
kau yang menerima berjuta ketibaan
menghantar berjuta pemergian
yang pergi dan melupakan.

Perjalanan lebih membuat kita
memandang ke hadapan
dari menoleh ke kiri kanan
waktu jadi terlalu suntuk untuk berkenalan
dengan mereka yang berhenti di sini
lelaki berkulit pekat
perempuan berambut karat
yang menumpang berumah di sini
kiranya perhentian ini lebih berbudi
daripada Dayabumi.

Di sini yang sampai
bukan untuk berhenti
yang berhenti
bukan bererti telah sampai.

(Pujangga Tidak Bernama: 28)

クラン川

クラン川は
積み重なるゴミで詰まって
流れが波にひっかかっている
水は床上まで浸かり
掘っ立て小屋で眠っている住民の
敷き布団になった
町をきれいにしようという
クリーン作戦という悪夢によって
寝ているところを襲われる前に

川のほとりでは
一人の乞食が
自分の疲れを浸し
汚れと苦しみで
橋の下で転がるのだ

クラン川は
河口へ荷物を引きずっていく
そして
時折　町の人たちに疑問を投げかける
あなたは私の汚染の中に
あなた自身が見えていないか
あなたは腐りかけた魚のにおい中に
あなた自身の罪に気付かないのか

(詩集「プジャンガ　ティダッ　ブルナマ　Pujangga Tidak Bernama: 9」より)

Sungai Klang

Sungai Klang telah terperangkap
ke dalam sampah sarap
arusnya telah tersangkut
pada ombak-ombak yang berpaut
airnya mencecah lantai
mengalas tidur para setinggan
sebelum lena digegarkan
oleh mimpi tentang satu gerakan
yang bernama pembersihan.

Di tebingnya
seorang pengemis merendam kepenatan
batuk yang luruh
bersama daki dan derita
bergulingan di bawah jambatan.

Sungai Klang
mengheret beban ke muara
sesekali ia bertanya warga kota
"Tidakkah kau melihat peribadimu
yang tercermin pada kekeruhan
tidakkah kau melihat dosamu
pada hanyir bangkai ikan?"

(Pujangga Tidak Bernama: 9)

あなたはまだフルートを吹いているの

あなたはまだフルートを吹いているの
私たちの愛し合う時間が
ほとんどなくなってしまった時に
あなたの歌をねだるのはいけないことだろうから
私は何か後ろめたい気持ち
メロディーは竹の細い溝の中に隠されている
音楽家の息で見いだされ
その唇で奏でられ
その指でアレンジされ
私の心の奥底まで
風で吹かれるのだ

あなたはまだフルートを吹いているの
村がひっそりと静まりかえっているのに
誰も世話をしない田んぼ
ここでは
雨を見つめて時を過ごしたり
夕方の光を見つめたり
露のビーズを集めたり
香る花を愛でたり
それはとても贅沢なことになっている

あなたはまだフルートを吹いているの
私が罪を感ずれば感ずるほど
あなたのことを思ってしまう
この町の雑踏の中　どうしようもない町
私の弟たちは職につけず
気持ちが荒れ狂っている
私の民族は
政治的立場で分かれている

Masihkah Kau Bermain Seruling

Masihkah kau bermain seruling
walau waktu telah terlewat untuk kita bercinta
aku semakin terasa bersalah
melayani godaan irama
lagu yang tersimpan pada lorong halus buluh
dikeluarkan oleh nafas seniman
diukir oleh bibir
diatur oleh jari
dilayangkan oleh angin
menolak ke dasar rasa.

Masihkah kau bermain seruling
ketika kampung semakin sunyi
sawah telah uzur
waktu jadi terlalu mahal
untuk memerhatikan hujan turun
merenung jalur senja
mengutip manik embun
menghidu harum bunga.

Masihkah kau bermain seruling
ketika aku terasa amat bersalah
untuk melayani rindu padamu
di kota yang semakin kusut dan tenat
adik-adikku menganggur dan sakit jiwa
bangsaku dipecahkan oleh politik

あなたはまだフルートを吹いているの

私の親戚は
無慈悲にも爆弾で襲われた
この世界は年老いて
ひどく傷ついている

これが私たちの愛の終わりなのか
時代が音楽家に
自分たちの世界の外で生きるよう
告げている

Masihkah Kau Bermain Seruling

*saudara-saudaraku diserang bom-bom ganas
dunia sudah terlalu tua dan luka parah.
Di sinikah berakhirnya percintaan kita
kerana zaman sedang menuntut para seniman
hidup di luar dirinya.*

確かなこと

あなたは最高の男性ではないかもしれません
でも私のような女にとって
他にいい人がたぶんいないでしょう

私はすべてを持っていないかもしれません
でも今の状況では
これ以上何もほしいものはないのです

私が幸せかどうかは聞かないでください
私もあなたの気持ちを聞こうとはしません
というのは
確かさを求めすぎたら
疑いの気持ちをもつようになる
分析し議論しすぎたら
もっと分からなくなる

私は
自分の言ったことについて
たぶん確かではない
でも一つ確かなことは
我々は
確かめすぎないようにすることだ

Yang Pasti

*Kau mungkin bukan lelaki terbaik
tapi buat perempuan sepertiku
mungkin tidak ada yang lebih baik
darimu.*

*Aku mungkin tidak mendapat segala-galanya
tetapi dengan keadaan begini
aku tidak meminta
yang lebih lagi.*

*Usahlah bertanya apakah aku bahagia
aku pun tidak menyoal tentang perasaanmu
kerana kadang-kadang bila terlalu mahu memasti
orang jadi semakin ragu
terlalu berbicara dan banyak menganalisa
orang jadi semakin tidak tahu.*

*Aku mungkin kurang pasti
tentang apa yang telah kukatakan
tapi yang pasti
kita tidak perlu terlalu pasti.*

もう一つの愛の詩

一人の船乗りは波に恋をした
だから
波のように
彼はとうとう希望の持てない恋人になった

一人の詩人は言葉に恋をした
だから
とうとうしまいには
言葉の網がもつれて
意味が分からなくなるのだ

海は魅力的な広がりだ
ジャングルは情熱的な網だ
詩人は熱狂的な話し手だ
しかし
海はその秘密を明かさない
言葉も力が足りない
そして
自分自身は
秘密の最高峰になったのだ

創造物は
創造者を知るための手段だ
しかし
どうやって私は愛の詩を書けばいいのだろう
目的が媒体自身により隠されないために

Puisi Cinta yang Lain

*Seorang pelaut bercinta dengan ombak
dan akhirnya seperti ombak itu
dia pun menjadi pemuja yang buntu.*

*Seorang penyair bercinta dengan kata-kata
dan akhirnya jaringan kata-kata
menyesatkan dia dari makna.*

*Laut adalah hamparan yang mengasyikkan
rimba adalah jaringan yang ghairah
penyair adalah penutur yang leka
tapi laut tidak akan membuka rahsianya
kata-kata pun tidak cukup berupaya
dan diri sendiri pun menjadi
puncak misteri.*

*Ciptaan itulah perantaraan
untuk mengenali penciptanya
namun bagaimana akan kutulis puisi cinta
agar perantaraan itu sendiri
tidak melindungi matlamatnya.*

コタ・マラッカ
（ア・ファモサ）

たぶん
我々はそれを壊すべきだ
これは国民の傷の思い出だ
しかし
もっといいのはここに留めておこう
負けたことの一つの証拠になる
そして
ずっと問い続けるために
我々はこの屈辱から何を学習したのかと

Kota Melaka
(A Famosa)

Barangkali kita patut meruntuhkannya
ini kenangan pada luka bangsa
tapi barangkali lebih baik
kita biarkan dia di sini
bukti satu kekalahan
untuk terus bertanya
apakah yang sudah kita pelajari
dari penghinaan ini.

刑務所からの女性の挨拶

一人のズリナーは
姉妹の部屋にいる
民衆が彼女の名前を叫んでいるのに
彼女は外に出る勇気がなくなっている
なぜなら
ここでは何でも得ることができる
彼女自身であること以外は

何か言いたいことがある
しかし
自分の声をもっていない
なぜなら
一人の女性の言葉は危ないものとなった

だから彼女はきれいには整っていない詩を
刑務所から提供した
完璧さを求められすぎる
夕方の風が
テーブルにバラの花びらを落とす前に
最後の影が
窓を通り去る前に
黄昏の光が
ガラスの表面にある線や顔にある線を
暗くする前に

彼女と姉妹は
死に近づくプロセスにある
一方で
彼女らは恐怖感ですでに死んでいるのだ

(詩集「ディ シニ ティアダ プルヘンティアン　Di Sini Tiada Perhentian: 4」より)

Salam Perempuan dari Penjara

Seorang Zurinah
di kamar saudara-saudara perempuannya
dia tidak berani keluar lagi
ke padang yang melambainya
di sini ia bisa memiliki apa saja
kecuali dirinya sendiri.

Dia mahu berkata
tetapi tidak punya suara
kerana bahasa seorang wanita
telah menjadi berbahaya.

Lalu ditawarkan puisi-puisi sumbang dari kurungan
terlalu banyak yang minta disempurnakan
sebelum angin petang turun
meleraikan mawar di meja
sebelum bayang-bayang terakhir
berlalu dari jendela
sebelum senja menyuramkan
garis-garis di kaca
garis-garis di muka.

Dia dan saudara-saudara perempuannya
dalam perarakan menuju hari mati
sedang ketakutan telah lama
membunuh mereka ...

(Di Sini Tiada Perhentian: 4)

愛の物語

彼が愛を告白した日
彼女にこう言った
「我々は忠実であることを約束しないでおこう
約束に対して忠実であろうとしないでおこう
我々はこの愛にだけ忠実でいよう
この愛だけに」

彼が結婚式を迎えた日
彼女にこう言った
「この結婚は絆である
でも結婚によって縛られないでおこう
我々はこの愛にだけ縛られるのだ
この愛だけに」

月日が経ち
彼は自分自身にこうつぶやいた
「結婚は
時には私たちに教えてくれた
愛を忘れて
一緒に生きていくことを学ぶために」

Satu Cerita Cinta

Di hari dia melahirkan cintanya
dia berkata kepada kekasihnya
"Kita tidak usah berjanji untuk setia
kerana kita tidak mahu setia kerana janji
kita akan setia kerana cinta
hanya kerana cinta."

Di hari perkahwinannya
dia berkata kepada kekasihnya
"Perkahwinan ini adalah ikatan
tapi kita tidak usah terikat kerananya
kita terikat kerana cinta
hanya kerana cinta."

Di hari-hari kemudiannya
dia berkata kepada dirinya
"Perkahwinan kadang-kadang mengajar kita
melupakan cinta
untuk belajar hidup bersama."

シティへの覚え書き

我が子よ
あなたを生んだことは
もう一度自分が生まれたようなもの
不思議を負かした出来事
ああ　抗えない創造の奇跡

私はあなたに
謝らなければならないと感じている
あなたをこの世界に引っ張り出してきたことを
そして
あなたに何も約束できないことを
自分の失敗から得た教訓だけは
私が学んだことは
女性の宝物は自分の名前であること
女性の救いは自分の信仰であること

我が子よ
我々が神の創造の中で
ほんの小さな存在でも
我々の存在を
卑下することはないのです

我が子よ
あなたの誕生は
私自身の誕生でもあるのです

Catatan untuk Siti

Melahirkanmu anakku
adalah melahirkan kembali diriku
suatu kejadian yang mengalahkan keajaiban
duhai ... semakin kalahlah aku dengan ketakjuban.

Rasanya aku perlu meminta maaf
mengheretmu kepada dunia
dan tidak dapat menjanjikan apa-apa
sekadar catatan dari kesilapan-kesilapanku
yang mengajar
bahawa harta seorang perempuan adalah namanya
penyelamat seorang perempuan adalah imannya.

Anakku
dalam ciptaan yang Maha Besar
kita adalah kecil
tetapi jangan sekali-kali
memperkecilkan diri sendiri.

Kelahiranmu anakku
melahirkan kembali diriku.

ある池で

ある池で
遠くへ自由に
泳ごうとする魚がいる
動きを制限する四つの壁に
怒りをもつ魚がいる
魚は体をぶつけて悟るのだ
その壁は
魚が生きるために必要な水を
池に溜めておくためなのだと

ある池で
美しい水ゆりが
次から次へと咲いている
しかし
水ゆりは根を下ろすことができない

一人の旅人はたどり着いた
そこで多くの人生に出会った
旅人は
旅路で失くした自分を見つけた

Di Sebuah Kolam

Di sebuah kolam
ada ikan-ikan yang mahu berenang
bebas dan jauh
ada ikan-ikan jadi marah
pada empat dinding yang menyekat
perjalanannya
menghempas-hempas diri
dan kemudian mengerti
dinding-dinding itulah mengepung air
dan memberikan
sebuah kolam untuknya.

Di sebuah kolam
teratai indah
telah menukar bunga demi bunga
tapi tidak berjaya
menjejakkan akarnya.

Seorang musafir pun sampai
dan menemui terlalu banyak kehidupan
lalu menemui kembali dirinya yang telah hilang
dalam perjalanan.

バス停にて

このバス停で
素早く走り去る車の煙が
私の目に入る

このバス停で
埃の上に長い影が
横たわる

私はまだ待ち続けている
車が通り過ぎていく
私は
どれも止めない
なぜなら
私は
自分の行く先を
決めていないのだから

Di Perhentian Bas

*Di perhentian bas ini
asap-asap mobil laju
hinggap
ke mataku.*

*Di perhentian bas ini
bebayang yang panjang
telah terbaring
di atas debu.*

*Dan aku terus menanti
mobil-mobil berlalu
tiada satu yang kuberhentikan
kerana aku belum pasti
ke mana akan pergi.*

クアラルンプールは雨

クアラルンプールでは
水は大量に必要だ
しかし
雨は歓迎されていない

朝の雨
道路は渋滞で
濡れた作業員は
生産力が落ちる

昼の雨
仕事のため
厚い責任の壁の中から
雨は見づらい
我々は
あなたを評価する時間がないのだ

夕方の雨
我々の帰宅を遅らせる
愛する家族といる貴重な時間が
さらに失われていく

土砂降りの雨
突発の洪水を引き起こした
いつも静かに忍耐強く
都市のゴミを受け入れるクラン川
今回は暴れて復讐している

永遠に
クアラルンプールでは
水は大量に必要だ
しかし
雨は歓迎されていない

Hujan di Kuala Lumpur

*Di Kuala Lumpur air amat diperlukan
tetapi hujan tidak dikehendaki.*

*Hujan pagi
memerangkap kami di jalanan
pekerja-pekerja yang basah
akan melembapkan penghasilan.*

*Hujan tengah hari
tidak akan kelihatan
di sebalik dinding tebal tanggungjawab
kami tidak ada waktu
untuk menghargaimu.*

*Hujan petang
menjauhkan kami dari rumah
kemesraan yang amat mahal
jadi semakin tergadai.*

*Hujan lebat
membawa banjir kilat
Sungai Klang yang menerima sisa kota
dalam sabar dan diam
kali ini membuak
membalas dendam.*

*Selamanya di Kuala Lumpur
air amat diperlukan
tetapi hujan tidak dikehendaki.*

結ばれない愛の想い出

間違ったこと
あなたは率直に話してくれなかった
私はあなたの本当の気持ちを
察することができなかった

間違ったこと
あなたは美しいアルバムを編纂するように
夢を描いたこと
ただし
その写真は
私が見たこともないものばかり

間違ったこと
私たちは
幸せな夢の中で出会ったこと
でも私は
眠りから目が覚めた方が
もっと幸せを感じるのだ

Ingatan pada Satu Kasih yang Tak Jadi

Kesilapannya
kau tidak berdaya berterus terang
dan aku tidak berjaya mentafsir.

Kesilapannya
kau membina harapan
bagai mengatur gambar-gambar
pada sebuah album yang indah
sedang aku tidak pernah melihat
gambar-gambar itu.

Kesilapannya
kita telah bertemu
dalam mimpi yang menggembirakan
tapi aku lebih gembira
bila terjaga dari mimpi itu.

ブキット・ナナス

あなたは街角に取り残される
クアラルンプールの顔が変わっていく様を
見守りながら
ビルや開発は
お腹を空かせた波のように
あなたを飲み込もうとしているようだ

ブキット・ナナスよ
どうか露のしずくを残しておくれ
街のほこりから
我々の瞳をきれいにするために
あなたは
自然の子供たちを綿々と守り育てるよう
任されているのだ

(詩集「クベランカタン Keberangkatan: 39」より)

Bukit Nanas

Kau telah ditinggalkan di satu penjuru
menyaksikan Kuala Lumpur dalam peralihan waktu
bangunan dan pembangunan
bagai ombak-ombak lapar
seperti mahu menelanmu.

Bukit Nanas
tinggalkan sedikit embun
untuk menyejukkan mata
dari debu kota
di sini kau adalah amanah alam
untuk menjaga anak-anaknya.

(Keberangkatan: 39)

クアラルンプール

クアラルンプールの交通は
人々を怒りっぽく仕向ける
距離を短くしたが
行程は長くなった
そして
人々の心を一層遠くへと
分断したのだ

Kuala Lumpur

Lalu lintasmu melatih orang menjadi pemarah
jarak jadi semakin dekat
tapi perjalanan jadi semakin jauh
dan perasaan jadi bertambah-tambah jauh.

空間を探して

突然
彼は起き上がり
照明を消した
「我々は壁が見えないのだから
この部屋は暗闇の中で大きくなる」
と言った

私は
もう一度
照明を点けた
「この照明は実は空間であり
見えない壁が
もっとも危ない刑務所である」
と言った

Mencari Ruang

Tiba-tiba dia bangun menutup lampu
sambil berkata "Bilik ini lebih besar di dalam gelap
kerana kita tidak dapat melihat dindingnya."

Kubuka lampu itu semula
sambil berkata "Cahaya inilah ruang
dan dinding yang tidak kelihatan
adalah penjara yang lebih berbahaya."

ハリニへの子守歌

眠れ ハリニよ 眠れ
この歌で
眠りは必ずしも容易ではありません
あなたが成長して
物事が分かってきた時は

そっと ハリニよ そっと
もう泣くのはおよし
あなたは涙の価値を学ぶべきです
受け入れない人の膝の上に
涙を落とさないよう
気をつけなさい

大きくなれ ハリニよ 大きくなれ
信仰をもって成長しますように
神を忘れてはいけません
あなたは本当に神を必要とするのです
なぜなら
あなたは女性に生まれたのだから

Nyanyian Menidurkan Halini

Tidur Halini tidur
dengan nyanyian ini
tidur itu mahal
bila kau sudah mengenal.

Diam Halini diam
jangan menangis lagi
kuajar kau mengawal air mata
jangan sampai tertumpah
ke ribaan yang tidak menerima.

Besar Halini besar
jadi orang beriman
jangan lupa pada Tuhan
kau akan terlalu memerlukan-Nya
kerana dilahirkan perempuan.

結婚
― 一人の女性の意見

結婚は
難しいものだ
時には自分自身を抑え
決まりきった作業を減らすのだ
そして女性は
より女性らしくなるよう
自分自身をいつも抑えるのだ

結婚は女性にとって
保護である
自立して一人で生きる勇気がない女性にとって
それはとても価値が高すぎるから

Perkahwinan
— kata seorang perempuan

Perkahwinan
adalah kesukaran
mengurangkan beberapa kebiasaan
yang kadang-kadang mengurangkan kewujudan
dan seorang perempuan
selalu mengurangkan kewujudan
untuk melengkapkan kejadian.

Perkahwinan bagi perempuan
ialah perlindungan
untuknya yang tidak lagi berani
hidup sendiri dan menegakkan peribadi
kerana harga yang terlalu tinggi.

お母さんのことを思う時

ママ
私が帰らなかったら
恋について聞かないでください
明日は多くを要求するものです

私はあなたから去ります
そしてあなたは私に明け渡すのです
なぜなら
私たちは涙が許されない時間に
所有されているからなのです

Seketika Terkenang padamu Mama

Mama
jika aku tidak kembali
jangan ditanya tentang cinta
hari esok
terlalu banyak meminta.

Aku telah meninggalkan mamaku
dan kau telah menyerahkan anakmu
kerana kita adalah milik waktu
yang tidak merelakan air mata.

スルアン

どうか神様
私にすべてを理解する知恵を
お与えください

どうしてひ弱で小さいスルアンが
潮流と闘うのか
川の蛇行や小石と果敢に藻掻きながら
傷ついた胸のうろこが裂けながらも

長い旅の後
彼は見知らぬ浜辺にたどり着いた
故郷への憧れを抱きながら
そして後悔の念を
これからも一生
元に戻るために
流れに逆らい戦うのだ

どうか神様
私にすべてを理解する知恵を
お与えください
どうしてひ弱で小さいスルアンが
短い一生の中で
数少ない息の中で
どうしてそのスルアンが
激しい水の中で
戦わねばならないのか

[参考]
スルアン…とても小さな魚(ロスボラ)。

Seluang

Tuhan
berilah aku peluang
untuk memahami
mengapa sekecil seluang
harus berjuang menentang pasang
meredah batu-batu
dan liku-liku
hingga gugur sisik
dari dadanya yang tercarik.

Setelah perjalanan yang panjang
ia tiba di pantai asing
hanya untuk dihempas rindu
dan sesal
lalu menghabiskan sisa usia
melawan arus untuk pulang
ke tebingnya yang asal.

Tuhan
berilah aku peluang
untuk memahami
mengapa sekecil seluang
sependek hayat
sejemput nafas
harus berhempas pulas
di air deras.

短い会話
(親しい詩人とともに)

私の友よ
この人生への我々の愛は
あまり変わらないかもしれない
詩に対する愛も
我々には変わりない

しかし
あなたは男性
私は女性
ここで違いがあるのだ

男性は
選択を制限する自由がある
女性は
自由にするために選択を制限する

Satu Percakapan Singkat
(dengan teman seniman)

Temanku
tentang cinta kita pada hidup
mungkin tak banyak perbezaan
tentang cinta kita pada puisi
itu pun tak ada perbezaan.

Tetapi kau lelaki
dan aku perempuan
di sinilah letaknya perbezaan.

Seorang lelaki membebaskan diri
untuk membataskan pilihan
seorang perempuan membataskan pilihan
untuk membebaskan diri.

プラゥ・ピナン
(ペナン島)

あなたは街の港
船が行き来し
人と出会い　そして別れさせる
男性は
向こう見ずな恋人となり
女性は
不安にかられるのだ

Pulau Pinang

Kau kota pelabuhan
dengan kapal-kapal yang datang dan pergi
mempertemu dan memisahkan
menjadikan lelaki kekasih yang berani
dan perempuan-perempuan dalam kebimbangan.

シャー・アラム

我々は何を探しているのだろう
この静かな湖で
子供たちを教えるほんの短い時間
水の優しさや
草の緑さと葉の陰跡
心地よい風と露のしずく
この土地を
販売する価値として思うのではなく
自然からの恩恵として思うよう
子供たちに教えるのだ

我々は何を探しているのだろう
緑の美しい野原で
子供たちが育つほんの短い時間
そして　彼らが
都市を膨張させて
我々の生活空間を狭めるような
企画者として成長しないように

我々は何を望んでいるのか
この場所をシャー・アラムと名付けて
自然に帰るという合意
なぜなら
自然は建設業者によって負かされることはないのだ

Shah Alam

*Apakah yang kita cari
di tasik tenang ini
sedikit waktu untuk mengajar anak-anak
mengenal lembut air
hijau rumput dan teduh daun
ramah angin dan sejuk embun
mengajar anak-anak
mengenang tanah kerana budinya
bukan atas nilai dagangannya.*

*Apakah yang kita cari di padang permai ini
sedikit waktu untuk mengasuh anak-anak
agar mereka tidak membesar
sebagai pembina yang meluaskan kota
tapi menyempitkan ruang kehidupan.*

*Apakah yang kita harapkan
dari nama ini, Shah Alam
satu persetujuan untuk kembali kepada alam
kerana alam tidak dapat dikalahkan oleh pembinaan.*

クアラルンプールを訪ねる一人の老婆

クアラルンプールは
私にとって寂しすぎるところだ
郊外のふるさとを思い出した
私の涙で造られた家
貧困と闘ったところ
子供たちに教育を与えたところ
私が祈ってきたとおり
子供たちは社会の重要な人間となった
そして
その祈りで自らを
町の遠くへ連れて行った
寂しさの中に上から押し込められている

どうか私を
送り戻してください
クアラルンプールには私の居場所はない
この街はとても早く動いている
しかし私はゆっくりしか歩けない
この街は若者が生活を探すところ
私は年とって死を待っている
この街は生きるためにある
死んで行く人々を忘れているように
埋葬するための土地は
足りなくなりつつあるのだ

Seorang Nenek di Kuala Lumpur

Kuala Lumpur terlalu sunyi bagiku
aku terkenangkan kampung halaman
rumah yang kubina dengan air mata
tempat aku melawan kemiskinan
menghantar anak cucuku belajar
hingga kini mereka menjadi orang-orang penting
seperti yang telah kudoakan
dan doa itulah yang membawa mereka jauh ke ibu kota
membenamkan aku ke dalam kancah kesunyian.

Hantarkan aku pulang
Kuala Lumpur bukan tempat untukku
ini kota yang terlalu pantas
dan aku hanya boleh berjalan perlahan-lahan
ini kota untuk orang muda mencari kehidupan
aku sudah tua dan menanti kematian
ini kota untuk hidup
ia seperti melupakan orang-orang yang akan mati
semakin kesuntukan tanah untuk perkuburan.

一緒に生きるために

あなたが私を愛していると言った時
もっと多くの言葉を言いたかったはずだ
でも本当に分かり合うには
言葉が足りないのだ

あなたの指の冷たさを私が感じたのは
その感覚よりもっと多いのだ
しかし
その気持ちを表現することは容易なことではない

バラは香りや色だけではない
我々は外見や言葉だけではない
時には互いに違うことを認めてはじめて
我々は一緒に生きることができるのだ

Untuk Hidup Bersama

Ketika kau menyatakan kasihmu
tentu lebih yang mahu kau perkatakan
tapi kata-kata tidak cukup
untuk menjadi perantaraan.

Ketika kurasai dingin jari-jarimu
yang kurasai adalah lebih dari itu
tapi perasaan tak mungkin mudah dipertuturkan.

Mawar adalah lebih
dari sekadar keharuman dan warna
kita pun lebih
dari sekadar rupa dan kata-kata
kadang-kadang dengan menyedari kelainan
membolehkan kita hidup bersama.

人口密度の高い砂漠

私の回りをながめて見ると
年々
人が増えるにつれて
乗り物が増えている

年々
人々は
抜きつ抜かれつ追い越し走る
左に右に互いに振り向いたり
そして挨拶したりする暇もない
みんなお互いに見知らぬ他人になっている

エンジンの回転する音や
雑踏の中でのおしゃべりの声が
挨拶や善意の言葉を
すっかり飲み込んでしまう

日に日に
このうるさい空間で
私はもっともっと
寂しくなっていく
なぜなら
だれもがとても忙しくて
話す時間はないのだから

この空間は人やエンジンで
もっとびっしり詰め込まれていたら
名前をもつ必要がない
なぜなら
ここでは
だれも呼び止めないのだから

Di Padang Pasir yang Penuh Manusia

Aku melihat di sekelilingku
tahun demi tahun
semakin banyak mobil
semakin ramai manusia.

Tahun demi tahun
manusia kian kejar-mengejar
tiada masa lagi untuk menoleh ke kanan-kiri
dan memberi salam
jadilah mereka semakin jauh
bagai tidak mengenali lagi
sesama sendiri.

Ngauman jentera dan dengung suara
telah menelan semua
ucap salam dan tegur sapa.

Hari demi hari
di ruang seriuh ini
aku pun semakin sepi
kerana mereka tidak lagi punya masa
untuk berbual mesra.

Bila ruang ini bertambah sarat
manusia dan jenteranya semakin ligat
tidak perlu lagi punyai nama
kerana tidak siapa yang akan menyebutnya.

人口密度の高い砂漠

そして
その状態になったら
ここは人口密度の高い砂漠に変貌するのだ

Di Padang Pasir yang Penuh Manusia

Bila tiba waktunya
jadilah ruang ini
padang pasir yang penuh manusia.

働くママの後悔

我が子よ
ごめんなさい
毎朝私はあなたを
ここに残していきます
あなたは甘えて私に抱きつき
私はその手を払うのです

愛する我が子よ
私がこの机で
書類に向き合っている時
仕事に向き合っている時
時々
あなたの涙にあふれた目を見る
時々
あなたが私を呼んでいる声が聞こえる
あなたがあんなに小さいのにもかかわらず
あなたには理解してほしいのです
私たちは
人生に甘えてはならないということを

Kesal Seorang Ibu yang Bekerja

Anakku, maafkanlah ibu
meninggalkanmu setiap pagi
melepaskan pelukanmu
ketika kau ingin bermanja.

Sayangku,
di meja ini mengadap kertas-kertas
di meja ini mengadap tugas-tugas
sesekali terganggu oleh matamu yang redup
sesekali terpanggil suaramu yang sayup
sekecil itu aku sudah meminta pengertianmu
yang kita tidak dapat bermanja dengan hidup.

グローバライゼーション

子供が聞いた
グローバライゼーションって何
父親はインターネットに夢中になって
子供をだまらせた
子供がさらに聞き続けた時
父親はメイドを呼んだ
子供は部屋から出された
厳しい声で子供を連れて行かせた

父親は毎晩のように夢中だった
コンピュータと愛し合った
この時代に生きて
なんと心地よく楽しいことか
コンピュータは彼の恋人だ
確かに驚くほど価値のある発明だ
ウェブサイトからウェブサイトへと
サーフィンするスリル
おしゃべりしたり
ジョークを交わしたり
それも直接会ったことのない友達と
全世界が友好的な村になっているのだ

Globalisasi

*Anak kecil bertanya
apa makna globalisasi
si ayah yang menekuni Internet
mengarahnya diam
dan apabila dia terus bertanya
si ayah memanggil si pengasuh
suaranya keras menyuruh
membawa si anak pergi jauh.*

*Si ayah terus tekun
seperti setiap malam
bercinta dengan komputer
mengecap nikmat bahagia
hidup di era canggih
komputer adalah kekasih
pastinya ia adalah ciptaan
yang menakjubkan dan menguntungkan
betapa nikmatnya belayar
dari laman web ke laman web
berbual bergurau senda
walaupun tidak pernah bersua
seluruh dunia sudah menjadi
sebuah kampung yang mesra.*

グローバライゼーション

ちょうどその時
隣の家である悲劇が起きた
しかし彼はコンピュータに夢中で
となりの物音が聞こえなかった
それは
彼の指先の空想の世界をじゃましなかった

そこで
子供は自分なりに理解し始めた
グローバライゼーションとは
もしかして
遠くにいる人とやりとりをして
でも
隣に住む人のことは知らないということ

Globalisasi

Ketika itulah
di sebelah rumah
jirannya ditimpa musibah
tetapi itu tidak mengganggu
dia dan dunia fantasi
di hujung jari.

Si anak meneka-neka sendiri
apa maknanya globalisasi
mungkinkah maksudnya berkomunikasi
dengan yang jauh
tetapi tak mengenal tetangga sendiri.

クアラ・ムーダ

私はここで
子供の頃のお気に入りの風景を
見つめているように

一人の年老いた漁夫が
ココナッツの木の下にいる
ここに小舟が小屋の前に置かれている

クアラ・ムーダ
私があなたを知った時
海はそんなに青くなかった
漁夫はそんなに強くなかった
もはや平和の肖像ではない
すべての色が
砂とともに失われている

入り江では
空の悲しさが
すべてを灰色に塗っている

[参考]
クアラ・ムーダ…ケダ州にある地名。

Kuala Muda

Di sini seperti melihat kembali
sketsa kegemaranku
sejak kecil dulu.

Seorang nelayan tua
di bawah sepohon kelapa
di sini sebuah biduk
di hadapan sebuah pondok.

Kuala Muda
bila aku telah mengenalmu
laut tidak lagi biru
nelayan tidak lagi perkasa
dan potret tidak lagi damai
warna-warna itu pun runtuh
bersama gigi pantai.

Di kuala itu
muram langit telah memberikan warna kelabu.

父とウィリー・ローマン
（ASKプロダクションの「セールスマンの死」を見て）

アーサー・ミラーはウィリー・ローマンを造りあげた
アメリカ人のセールスマン
疲れ果て悲しい
身の心もボロボロだ

六十三歳の時
ウィリーは同い年の父と
マレーシアの田舎で会った
彼らは自己紹介をしてベンチに座り
木陰でお互いの経験を語り合った

ウィリーは金持ちの街ニューヨークから来た
若い時は立派なセールスマン
粋なスタイルと流暢さで
顧客の信頼を勝ち得た
人気者のウィリーはこう言った
もし人に好かれたら
木々に宝石を実らせるよと

数十年走り回り
ウィリーはつまずいて起き上がれない
ウィリーのそばには我慢強い妻と
未支払いの請求書
そして
教育に手をかけられない子供たち

Ayahku dan Willy Loman
(Setelah menonton "Death of a Salesman", produksi ASK)

Arthur Miller mencipta Willy Loman
seorang jurujual Amerika
yang lesu dan buntu
yang letih dan sedih.

Dalam usia enam puluh tiga
Willy bertemu ayahku yang sebaya
di desa kami di Malaysia
setelah berkenalan
mereka duduk di bangku panjang
di bawah pokok rendang
membuka lembar-lembar pengalaman.

Willy dari New York, kota kaya
semasa muda adalah jurujual yang berjaya
pelanggan dipikat dengan gaya
adunan seni retorika
populariti diri penuh gaya
katanya pohon-pohon akan berbuah permata
kalau dirimu disukai.

Setelah berpuluh tahun terkejar
Willy tersungkur dan terkapar
di samping isteri yang sabar
di sisi bil-bil tak terbayar
dan anak-anak tidak terajar.

父とウィリー・ローマン

ウィリーは
年老いてへとへとに疲れた
仕事をくびになった
まるで果物の皮のように捨てられた
雇用主にその甘い果実の実を食べられた後
ウィリーはもうしようがないと言った
彼は自殺を図ろうとした
もし生きる価値がなければ
死んだ方が役に立つ
少なくとも家族に保険金がおりるから

父もウィリーのように
物を売って稼いだ
若い時から一人二人の部下とともに
雑貨店を走り回った
日々の必需品を街で買い求めて
村でそれを売っていた
まあまあの利益と手数料をとって
神に稼いだお金を感謝した
そのお金で私たちは教育を受け
自立することができた

そして父は今も店をやっている
しばしばどうして父が店を止めないのか聞く
我々が父に十分な仕送りをしていないからなのか
私たちと一緒に街で暮らしましょうと誘う
父に楽をさせてあげたいのだ
父はもう年を取った
だれも養わなくていいのだ

Ayahku dan Willy Loman

Willy yang tua dan penat
telah dipecat
dicampak bagai kulit buah-buahan
setelah isi yang manis dimakan
oleh sang majikan
kata Willy tak ada jalan lagi
dia akan membunuh diri
kalau hidupnya tak bermakna
biarlah matinya berguna
setidak-tidaknya keluarga
akan dapat menuntut insurans nyawa.

Ayahku seperti Willy adalah juga seorang peniaga
sejak muda menguruskan kedai runcitnya
dengan pembantu seorang dua
memborong barang di bandar
lalu menjualnya di kampung
mengambil untung pada kadar yang wajar
bersyukur dengan rezeki
dapat menghantar kami belajar
hingga dapat mengendali
hidup sendiri.

Dan, kini ayah masih dengan kedainya
walaupun kami selalu bertanya
mengapa ayah berterusan berniaga
tidak cukupkah wang yang kami hantar
mari tinggal di bandar
dan berehat dengan selesa
ayah sudah tua
tidak payah lagi menyara sesiapa.

父とウィリー・ローマン

父はこう言う
すべてが足りている
私がもう働かなくてもいいのだ
でも私をここに居させてくれ
店は小さくした
魚も野菜も売らない
ただ
砂糖、米、小麦粉、タマネギ、塩、ブラチャンだけ
私がとても必要とされているのを感じている
日々の必需品が無くなった主婦たちに

父はお客さんがいない時は
古い机のそばに座っている
コーランをぶつぶつと唱えながら
時々近所の主婦が慌ててやってくる
傷を負った子供のために絆創膏を求めて
時には　風邪をひいた子供を抱っこする
そして父はいつも幸せだ
キャンディーをただで子供たちに与えあやすのだ

父はこう言う
私は歳をとってもまだ店を開いている
お金を稼ぐためではない
金持ちになろうと頑張るのとは違う
ただ暇な時間をつぶすため
お金を超えて満たされた気持ち
身内や近隣の人々を手助けするため
幸せとは必要とされる気持ち

Ayahku dan Willy Loman

*Kata ayah
memang benar segalanya mencukupi
ayah tidak perlu bekerja lagi
tapi biarlah ayah terus di sini
kedai sudah pun dikecilkan
tidak lagi menjual sayur dan ikan
sekadar gula, beras, tepung, bawang, garam, belacan
ayah rasa amat diperlukan
oleh suri rumah yang terputus bekalan.*

*Apabila tiada pelanggan ayah duduk di meja tua
berzikir atau membaca al-Quran
sesekali ada suri rumah berlarian
mencari plaster untuk anak yang luka
atau mendukung anak yang selesema
dan ayah bahagia
apabila dapat meredakan tangisan mereka
dengan sedekah gula-gula.*

*Kata ayah dia masih berkedai di hari tua
bukan untuk mencari keuntungan
jauh sekali mengejar kekayaan
tapi sekadar mengisi masa
tak ternilai rasanya kepuasan
membantu sanak saudara dan jiran-jiran
rasa bahagia adalah rasa diperlukan.*

父とウィリー・ローマン

父とウィリー・ローマンは
人生の黄昏にいる
ウィリー・ローマンはこう言う
「あなたは静かな浜辺のようだ
そして私は激しい海流にもまれ砕かれた砂だ」

父はこう応えた
あなたはアメリカにいて
私はマレーシアにいる
それがすべての違いだ
ここは小さな村だ
私には小さな夢が許された
あなたは夢にあふれたアメリカの都会にいる
だから　息を切らせて夢を追い続ける
アメリカは豊かな国
アメリカがあなたを貪欲な人に追いやったのだと

[参考]
ブラチャン…乾燥したエビのペースト。

Ayahku dan Willy Loman

Ayahku dan Willy Loman
menghadap hari petang
kata Willy Loman
"Tuan bagai pantai yang tenang
dan saya adalah pasir
yang diruntuhkan gelombang."

Dan ayah menjawab
tuan di Amerika dan saya di Malaysia
itulah perbezaannya
di sini kampung kecil
yang mengizinkan cita-cita kecil
tuan di kota Amerika yang penuh impian
Amerika adalah litar lumba
tuan mesti terus mengejar dan tercungap
Amerika adalah negara kaya
tuan terpaksa menjadi pelahap.

夫へのメモ

i
私は感謝します
私と結婚してくれたことに
それは勇気ある行動です
そして
勇気がありすぎて不幸な人もいるのですが

ii
私はあなたに出会った
澄みわたる湖のようだった
その透明さで私は自分が恥ずかしくなった
なぜなら
その透明さはかえって
私の身体の不純さを
はっきりと映し出すのだから

あなたに出会えたことを
神に感謝します
そして
私はあなたに謝ります
なぜなら
時々
遠くからのフルートの音が
あなたの腕から
私を奪うから

Catatan untuk Suami

i

*Aku berterima kasih
atas kerelaanmu mengahwiniku
sesungguhnya kerelaan itu satu keberanian
dan ada orang tidak beruntung
kerana terlalu berani.*

ii

*Aku menemuimu
bagai sebuah kolam yang terlalu jernih
kejernihan itu membuat aku malu
kerana ia jelas membayangkan
kekeruhan di tubuhku.*

*Aku bersyukur atas penemuan ini
dan meminta maaf padamu
kerana sesekali seruling yang jauh
mencuriku dari pelukanmu.*

夫へのメモ（２）

ごめんなさい
私があなたを一人にする時
また　私は
自分の夢を続けたいのです

ごめんなさい
私があなたのそばを離れている時
私は
自分自身に戻りたいのです

Catatan untuk Suami (2)

Maafkan aku
jika aku meninggalkanmu
kerana sesekali
aku ingin kembali
menyambung mimpi.

Maafkan aku
jika menjauhkan diri
kerana sesekali
aku ingin kembali
kepada diri.

時には私は詩から遠ざかる

時には
詩に近づくと
私は
ベンチに横たわっている男に会った
まとまりのつかない髪のまま
ほこりっぽい空気の中で
肌をむき出しにして

時には
詩に近づくと
私は
波に恋をした船乗りに会った
最初の住所や
帰りを待つ女を忘れて

時には
詩に近づくと
私は
時間と競争している
歳より早く年老いた女性に会った
そして心配になり
追いかけて疲れ果てた
規則の壁で狭くなった日中と
恐ろしい海のように広がった夜で

時には
詩に近づくと
私は
行く先を忘れた旅人に会った
周りに聞き周り　そして苛立った
応えてくれない人はだれでも
憎しんだ

時には
詩に近づくと
私は恐ろしくなった
そして
私は詩から遠ざかるのだ

【終】

Sesekali Aku Menjauhkan Diri dari Puisi

Sesekali bila aku mendekati puisi
kutemui pemuda yang berbaring di bangku
mendedahkan rambut yang tak lagi terbela
dan tubuh tak berbaju
pada angin dan debu.

Sesekali bila aku mendekati puisi
kutemui pelaut yang bercinta dengan ombak
melupai alamat pertama
dan perempuan yang menantinya.

Sesekali bila aku mendekati puisi
kutemui perempuan yang berlumba dengan waktu
menjadi lebih tua dari usia
lalu keletihan dikejar kebimbangan
siang menghimpit dengan tembok-tembok peraturan
malam menganga bagai laut yang menakutkan.

Sesekali bila aku mendekati puisi
kutemui pengembara yang kehilangan arah
melemparkan soalan demi soalan
dan menjadi marah-marah
membenci sesiapa saja yang tidak memberikan jawapan.

Sesekali bila aku mahu mendekati puisi
aku jadi ngeri
lalu menjauhkan diri.

著者について

ズリナーハッサン博士は、超一流で指導的立場であるマレーシアの作家の一人である。氏は2015年に第13代マレーシア桂冠文学者に選ばれ、女性として初めてその素晴らしい栄冠を受賞している。また、2013年には、ASEAN諸国の中で傑出した詩人として認められたことを示す「スントーンプー桂冠詩人」の称号を贈られた最初のマレーシア詩人となった。数々の国内文学賞を受賞するほかに、2004年には「東南アジア作家賞」を受賞した。氏は、様々なジャンルにおいて執筆活動しており, 詩集, 短編小説, 小説, 文学研究論文、回顧録 などとして出版されている。いくつかの作品は、英語、スペイン語、ロシア語、フランス語、中国語、タイ語、日本語など数カ国の言葉に翻訳されている。

　ズリナー・ハッサン氏は1949年6月13日にケダ州のアロースターで生まれた。ティカムバトゥ・マレー語学校, スンガイ・プタニ修道院学校, アロースター・アスマスルタナ学校の後、ペナンのマレーシア科学大学に進学した。その後, マレーシア政府情報サービス局主任情報専門官としての勤務を経て、マラヤ大学及びマレーシア科学大学で教鞭をとるとともに, マレーシア国立大学の客員研究員として勤務した。マレーシア農業大学で修士, マラヤ大学で博士の学位を取得した。2014年には, ケダ州王室栄誉表彰を受賞し, 傑出した人物に授与される称号「ダト」Dato' を得た。

BIOGRAFI

ZURINAH Hassan ialah salah seorang penulis Malaysia yang tersohor. Pada 2015, beliau dinobatkan sebagai Sasterawan Negara Malaysia yang ke-13, menjadikan beliau sasterawan wanita pertama yang dianugerahi gelaran tersebut. Selain itu, pada 2013, beliau menjadi penyair Malaysia pertama yang menerima Hadiah Puisi *Sunthorn Phu*, yang merupakan pengiktirafan kepada penyair terulung negara ASEAN. Beliau juga adalah penerima hadiah Penulisan Asia Tenggara (*S.E.A. Write Award*) pada 2004, di samping menerima berbagai-bagai Hadiah Sastera Kebangsaan. Zurinah menulis dalam pelbagai genre dan hingga kini beliau menghasilkan kumpulan puisi, kumpulan cerpen, novel, kajian sastera dan memoir. Karyanya telah diterjemahkan ke beberapa bahasa termasuk Bahasa Inggeris, Bahasa Sepanyol, Bahasa Rusia, Bahasa Perancis, Bahasa Mandarin, Bahasa Thai dan Bahasa Jepun.

Zurinah Hassan dilahirkan pada 13 Jun 1949 di Alor Setar, Kedah, mendapat pendidikan awal di Sekolah Melayu Tikam Batu, Sekolah Convent Sungai Petani dan Sekolah Sultanah Asma Alor Setar sebelum melanjutkan pelajaran di Universiti Sains Malaysia, Pulau Pinang. Beliau pernah berkhidmat sebagai Pegawai Kanan Penerangan, menjadi tenaga pengajar di Universiti Malaya dan Universiti Sains Malaysia selain Karyawan Tamu di Universiti Kebangsaan Malaysia. Zurinah memperoleh Ijazah Sarjana daripada Universiti Pertanian Malaysia dan Ph.D daripada Universiti Malaya. Beliau dianugerahi Bintang Kebesaran Darjah Setia Diraja Kedah pada 2014, membawa gelaran Dato'.

「翻訳者」

成田 雅昭
* 1978年 北海道大学大学院修士課程修了（工学修士）
* 2013〜2015年 マレーシアのマラヤ大学予備教育部教諭（文部科学省派遣）
* 2015年〜現在 札幌国際大学教育支援（入学）センター・アドバイザー
* 通訳案内士

ジャミラ・モハマド
* 2008年 名古屋大学大学院国際言語文化研究科日本言語文化専攻博士後期課程修了（学術博士）
* 1997年〜現在 マレーシアのマラヤ大学講師
* 2014年 マレーシア政府公認高校教科書（日本語）の執筆・監修

(PENTERJEMAH)

MASAAKI NARITA
* Lulusan Sarjana dalam bidang Kejuruteraan dari *Hokkaido University*, Jepun (1978)
* Guru Fizik di Ambang Asuhan Jepun, Pusat Asasi Sains, Universiti Malaya, Kuala Lumpur (2013–2015)
* Penasihat di *Educational Assistance Centre, Sapporo International University*, Jepun (2015–kini)
* Penterjemah dan Pemandu Pelancong Bertauliah

DR JAMILA MOHD
* Lulusan PhD dalam bidang Pendidikan Bahasa Jepun dari *Nagoya University*, Jepun (2008)
* Pensyarah Kanan di Ambang Asuhan Jepun, Pusat Asasi Sains, Universiti Malaya, Kuala Lumpur (1997–kini)
* Penulis Buku Teks Kementerian Pendidikan Malaysia, 'Bahasa Jepun Tingkatan Lima' (2014)

港に向かいて
2016年9月20日　第1刷　発行

著　者　ズリナー・ハッサン
訳　者　成田雅昭　ジャミラ・モハマド
発行所　公益社団法人日本マレーシア協会
　　　　〒102-0093　東京都千代田区平河町1-1-1
　　　　Tel. 03-3263-0048
発売元　株式会社紀伊國屋書店
　　　　〒153-8504　東京都目黒区下目黒3-7-10
　　　　ホールセール部（営業）Tel. 03-6910-0519
印刷・製本　ITBM (Malaysia)
ISBN　978-4-87738-489-0 C0098
定価は外装に表示してあります。
無断で本書の一部または全部の複写・複製を禁じます。